古代诗歌总集——《诗经》

◎ 主编 金开诚

◎ 编著 马荣会

吉林出版集团有限责任公司

吉林文史出版社

图书在版编目（CIP）数据

古代诗歌总集：诗经 / 马荣会编著 . —长春：吉

林出版集团有限责任公司：吉林文史出版社，2010.11（2022.1重印）

ISBN 978-7-5463-4122-4

Ⅰ . ①古… Ⅱ . ①马… Ⅲ . ①古体诗 – 中国 – 春秋时

代 Ⅳ . ① I222.2

中国版本图书馆 CIP 数据核字（2010）第 222271 号

古代诗歌总集——《诗经》

GUDAI SHIGE ZONGJI SHIJING

主编/ 金开诚 编著/马荣会

项目负责/崔博华 责任编辑/崔博华 刘姝君

责任校对/刘姝君 装帧设计/柳甬泽 王丽洁

出版发行/吉林文史出版社 吉林出版集团有限责任公司

地址/长春市人民大街4646号 邮编/130021

电话/0431-86037503 传真/0431-86037589

印刷 / 三河市金兆印刷装订有限公司

版次/2010 年 11 月第 1 版 2022 年 1 月第 6 次印刷

开本/650mm×960mm 1/16

印张/9 字数/30千

书号/ ISBN 978-7-5463-4122-4

定价/34.80元

前　言

文化是一种社会现象，是人类物质文明和精神文明有机融合的产物；同时又是一种历史现象，是社会的历史沉积。当今世界，随着经济全球化进程的加快，人们也越来越重视本民族的文化。我们只有加强对本民族文化的继承和创新，才能更好地弘扬民族精神，增强民族凝聚力。历史经验告诉我们，任何一个民族要想屹立于世界民族之林，必须具有自尊、自信、自强的民族意识。文化是维系一个民族生存和发展的强大动力。一个民族的存在依赖文化，文化的解体就是一个民族的消亡。

随着我国综合国力的日益强大，广大民众对重塑民族自尊心和自豪感的愿望日益迫切。作为民族大家庭中的一员，将源远流长、博大精深的中国文化继承并传播给广大群众，特别是青年一代，是我们出版人义不容辞的责任。

本套丛书是由吉林文史出版社和吉林出版集团有限责任公司组织国内知名专家学者编写的一套旨在传播中华五千年优秀传统文化，提高全民文化修养的大型知识读本。该书在深入挖掘和整理中华优秀传统文化成果的同时，结合社会发展，注入了时代精神。书中优美生动的文字、简明通俗的语言、图文并茂的形式，把中国文化中的物态文化、制度文化、行为文化、精神文化等知识要点全面展示给读者。点点滴滴的文化知识仿佛颗颗繁星，组成了灿烂辉煌的中国文化的天穹。

希望本书能为弘扬中华五千年优秀传统文化、增强各民族团结、构建社会主义和谐社会尽一份绵薄之力，也坚信我们的中华民族一定能够早日实现伟大复兴！

目录

一、《诗经》的产生

《诗经》是我国第一部诗歌总集，以音乐曲调的不同，可分为"风""雅""颂"三大类。

"风"：各地的民歌，含周南、召南、邶、鄘、卫、王、郑、齐、魏、唐、秦、陈、桧、曹、豳等十五国"风"。

"雅"：朝廷的"正声雅乐"，根据音节律吕分为"大雅""小雅"，共一百零五篇。

"颂"：宗庙祭祀的乐歌，含《商颂》

《周颂》《鲁颂》，共四十篇。

（一）产生年代

《诗经》中诗产生的具体时间很难确定，但一般认为，《周颂》的全部、"大雅"的大部、"国风"中的《豳风》等多为西周前期作品；"小雅"大部是西周后期和东迁之初的作品；《鲁颂》全部及"国风"的大部都是春秋时期作品。至于《商颂》，争议较大，有人认为是春秋时期作品，也有人认为是商代之诗。

《诗经》产生于一个复杂的年代。

西周建立政权，在因袭夏商礼仪乐制的
基础上，增订修改，制定了一整套法定礼
乐制度，即史书盛传的周公"制礼作乐"。
这套乐舞制度实际上是治国手段，以相
应的乐舞制度与当时的统治秩序相结合，
通过乐舞礼仪来规定君臣、父子、兄弟、
夫妻之间的上下、尊卑和亲疏关系。并以
法律的性质将这套乐舞礼仪制度确定下
来，不能违反。当时宫廷设立了相应的
乐舞机构，专门掌管乐舞礼仪事宜。这
套礼仪乐舞的代表作品是《六代舞》（又
名《六舞》）和《六小舞》。

　　西周末年，周幽王被杀死在骊山下，
致使西周灭亡。此后，东周建立。这是
我国历史上一个动荡变革时期——春秋

战国时期。此时，封建领主制向封建地主制逐渐过渡，周王室已失去对诸侯的控制能力，礼乐制度也随着西周王权的丧失而开始动摇崩溃。雅乐舞制度已不再像从前那样被当做法规，严格遵守。诸侯士大夫们则公开效仿天子用乐的规模。最典型的例子是鲁国的大夫季孙氏，在自己的家庙中，效仿天子的乐舞规模，被孔子痛斥为"是可忍，孰不可忍"。此时，

诸侯大夫僭越礼乐制度的行为已相沿成风。同时，雅乐舞本身的发展，已在祭祀典礼仪式中，变为呆板无生气。战国初，魏文侯曾坦白地承认，自己按照礼仪要求端冕而坐，欣赏雅乐，总不免打瞌睡。但欣赏不属于雅乐的其他乐舞，总觉得兴奋。齐王也曾向孟子表白，自己所喜爱的并非是"先王之乐"的雅乐舞，而是"世俗之乐"的民间歌舞。可见，在社会政治的变革中，雅乐舞赖以生存的土壤逐渐削弱，雅乐舞自身僵化呆板的弱点也更为突出，约束人们的伦理道德已在动摇，"礼崩乐坏"势所必然。同时，已存在的地方民间歌舞，在社会动乱之中，获得生机，即所谓"桑间、濮上、郑、卫、宋、赵之声并出"，民间歌舞在西周一直被官方排斥压制，那种自由纵情的歌舞不被礼乐体系所接受，但是，社会的变革，使得民间歌舞获得发展。

《诗经》诗中涉及的地域很广，就

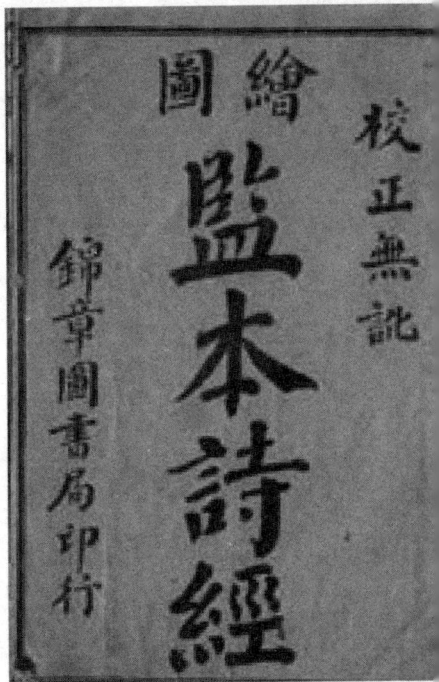

十五"国风"而言，就已涉及到了今陕西、山西、山东、河北、河南、湖北等地区。

就诗歌的性质来说，"雅""颂"基本上是为特定的目的而写作、在特定场合中使用的乐歌，"国风"大多是民歌。只是"小雅"的一部分，与"国风"类似。这里的"民歌"，只是一种泛指；其特点恰与上述"雅""颂"的特点相反，是由无名作者创作、在社会中流传的抒情歌曲。大多数民歌作者的身份不易探究。假如以诗中自述者的身份作为作者的身份，则既包括劳动者、士兵，也包括相当一部分属于"士"和"君子"阶层的人物。"士"在当时属于贵族最低的一级，"君子"则是对贵族的泛称。此外仍有许多无法确定身份的人物。所以只能大致地说，这些民歌是社会性、群众性的作品。

（二）赋诗言志

朗诵诗借以表达某种思想志向。春秋时代，诸侯大夫在外交、政治活动中常常运用诗委婉地表达自己的意图，或者表示礼节，进行应酬，借以加强相互之间的关系。所以，《汉书·艺文志》说："古者诸侯卿大夫交接邻国，以微言相感，当揖让之时，必称诗，以喻其志，盖以别贤不肖而观盛衰焉。"

关于赋诗言志，先秦文献如《左传》《国语》等有不少记载。《左传》文公十三年，鲁文公归国途中遇到郑伯，郑伯想请鲁文公代为向晋国表示自己愿意重新归顺于晋。鲁文公先拒绝，后又同意，双方交涉全借赋诗。郑国子家先赋《诗经·小雅·鸿雁》："之子于征，劬劳于野。爰及矜人，哀此鳏寡。"意思是说郑国弱小，希望得到鲁文公的帮助。代为向

晋国求情。鲁文公赋《诗经·小雅·四月》的四句:"四月维夏,六月徂暑。先祖匪人,胡宁忍予?"表示行役已超过预期,急于返回,无暇去晋国了。子家又赋《载驰》之第四章,意思是说小国有急难,恳求大国援助。于是鲁文公又赋《小雅·采薇》之第四章,借"岂敢定居?一月三捷"之义,答应到晋国去为郑国进行活动。这显然是一次外交谈判,从这里可以看出,那时的"赋诗言志"直接关系到外交政治斗争的胜负。春秋时代的赋诗言志,所赋的诗,多为《诗经》中的诗,也有自作诗。所言的"志",指赋诗者的用意,并非诗的原意,它只就诗中的某种思想或者某章句的意思来象征说明赋诗者的用意。所以,那时的赋诗言志常常是断章取义。《左传·襄公二十八年》记载卢蒲癸的"赋诗断章,余取所求"就指出了这一点。

春秋时的"赋诗言志"反映了《诗经》

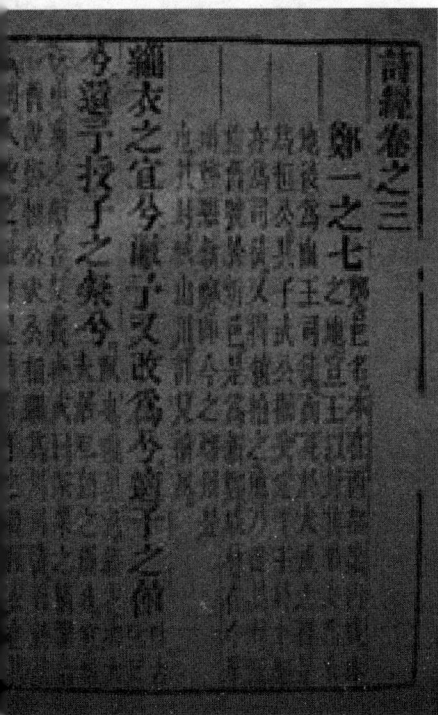

在当时政治生活中的突出地位和重要作用。所以孔子说："诵诗三百，授之以政，不达；使于四方，不能专对；虽多，亦奚以为？"（《论语·子路》）这种赋诗在政治生活中的作用，这种广泛的赋诗之风，对于后来文学的发展，产生了深刻的影响。

（三）名称

《诗经》是我国古代最早的诗歌总集，这部诗歌总集共收入了西周初年到春秋中叶（即公元前 11 世纪到公元前 6 世纪）大约五百年的诗歌三百零五篇。此外"小雅"中另有"笙诗"六篇，仅有篇名，未计在内。

《诗经》不仅在中国文学史上，而且在中国政治思想史上都有重要地位。《诗经》中的诗，在春秋时期就被广泛应用于政治、外交乃至军事斗争中了。孔子曾说："不学诗，无以言。"在政治交往中，如果不懂诗，是要受到鄙视的。当时人们称之为《诗》《诗三百》，到战国后期，即已被称为"经"，如《庄子天运》中说："丘治《诗》《书》《礼》《乐》《易》《春秋》六经。"西汉时置五经博士，《诗》是五经之一，乃汉代官定之经典，《诗经》之名，也始见于西汉。

（四）孔子与《诗经》

在秦以前，《诗经》对人们的作用无非有三：其一，作为祭祀、宴享时奏唱的乐歌；其二，作为外交场合言谈应对

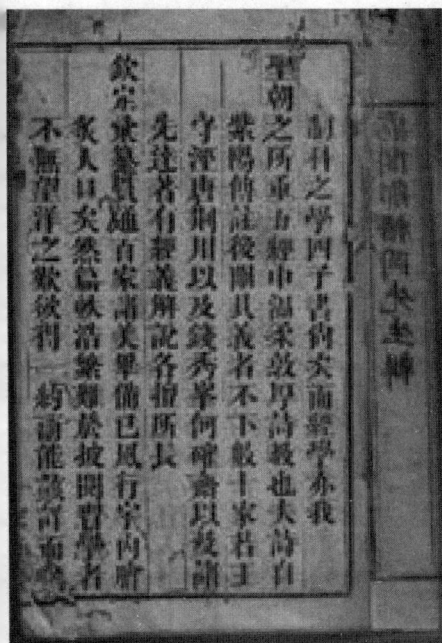

的辞令；其三，作为教育弟子的课本。而作为教育的课本，应该是由孔子开始的。这是有史可证，也是后来的学者专家都认可的。司马迁在《史记·孔子世家》中说："（孔子）以《诗》《书》《礼》《乐》教，弟子盖三千人焉。"

在春秋以后，周室衰微，诗乐分家，第一个以私人讲学身份出现的大学者孔子，更把《诗三百》作为政治伦理教育、美育以及博物学的教本。

孔子在《论语》中说："不学《诗》，无以言。"（《季氏》）此外，孔子还曾对他的弟子说："小子何莫学夫《诗》？《诗》，可以兴，可以观，可以群，可以怨；迩之事父，远之事君；多识于鸟兽草木之名。"（《论语·阳货》）这句话是什么意思呢？孔子说道：学生们啊，你们为什么不学习研究《诗经》呢？学习《诗经》，可以激发人的想象力，可以提高人们观察社会的能力，可以使人与人合群，可以抒发胸中的怨愤；从近处来说，可以用《诗经》中的道理侍奉父母；从远处来看，可以用《诗经》中的道理侍奉君主；另外你们还可以从《诗经》中多认识些鸟兽草木的名称。而后孔子又问他的儿子伯鱼："女为《周南》《召南》矣乎？人而不为《周南》《召南》，其犹正墙面而立也与！"其意思是：你读过《周南》《召南》诗了吗？一个人如果不读《周南》《召南》诗，那就好像正对着墙壁站立不能再向前行走了。这里的《周南》和《召南》是《诗经》中"国风"的开头两部分。

孔子把《诗经》作为教本，强调弟子和儿子要学习研究《诗经》。否则，将"无以言"，无以"兴""观""群""怨"，无以"事父""事君"，甚至无以前行。那么他必然事先熟知《诗经》内容。而《诗经》最初的作品涵盖地域广，并且包括多个社会阶层的作者及歌者的创作和传唱，其中或许就杂有某些官吏的附庸风

雅和粉饰太平之作。作为祭祀和宴享的乐歌，或是外交场合的辞令，人们在唱完、说完、听完之后，或许就无所谓了，没有什么太多的感觉。而作为教育弟子的课本，睿智的孔子想教育好弟子，必然会取其精华、弃其糟粕，留其真善、删其伪恶，使其"可施于礼义"，使学习者可以"言""行"、可以"兴""观""群"。

孔子晚年从卫国返回鲁国，曾整理

过《诗》的乐章,使"雅颂各得其所"(《论语·子罕》)。他又以《诗》作为学生的必读教材,一再强调"诵诗三百"。孔门后学亦继承了这个传统。所以孔子对《诗经》的保存与传播,是有功劳的。也正是由于孔子对《诗三百》这样的重视和推崇,所以使《诗经》这部书在后世得以留传并产生广泛影响。

二、《诗经》的收集与流传

（一）振木采诗

　　《诗经》共有三百零五篇，包括公元前 11 世纪（或更早）至公元前 6 世纪，即西周初期到春秋中叶大约五百年间的作品。它产生的地区，东临渤海，西至六盘山，北起滹沱河，南到江汉流域，相当于今天的陕西、山西、山东、河南、河北、湖北的大部。

这些上下五百年、纵横数千里的作品是怎样搜集、汇总成册的呢？先秦典籍没有明确的记载，但古代有采诗说。

汉代的历史学家提出关于周代时有"采诗"制度的说法。班固《汉书·食货志》记述说："孟春之月，群居者将散，行人振木铎徇于路以采诗，献之大师，比其音律，以闻于天子。"这就是说，每当春天来到的时候，集居的人群散到田间去劳作，这时就有叫做"行人"的采诗官，敲着木铎（以木为舌的铃）在路上巡游，把民间传唱的歌谣采集起来，然后献给朝廷的乐官太师（乐官之长），太师配好音律，演唱给天子听，让天子"足不出户而知天下"。另外，同书《艺文志》中还记述说，古代设置采诗官采集诗歌，目的是出于"王者所以观风俗，知得失，自考正也"。汉代记载"采诗"之说的还见于何休的《公羊传》注："五谷毕入，民皆居宅，男女同巷，相从夜绩。从十月尽正月止，男女有所怨恨，相从而歌，饥者歌其食，劳者歌其事。男年六十、女年五十无子者，官衣食之，使之民间求诗，乡移于邑，邑移于国，国以闻于天子。故王者不出牖户，尽知天下所苦，不下堂而知四方。"（《公羊注疏》卷十六）关于"采诗"和"采诗"的目的，与班固《汉书》记载大致相同，惟说"采诗"者是男女年老无子的人，而不是"行人"，或者方式不止一种。这些虽然出于汉代人的记述，可能还是有一定根据的。因为在古代交通十分不便的情况下，如果不是由官府来主持采诗工作，靠一己之力来完

成这样一部时代绵长、地域广阔的诗集采集工作，恐怕是不可能的。

至于当时统治者采诗的目的，即为什么要花这么大力气广收这些民间诗歌？除了要考察人民的动向，了解施政的得失，以利于他们的统治以外，大约还有搜集乐章的需要。我们知道，周王朝是很重视所谓"礼乐"的。按照当时制度，举凡在一切祭祖、朝会、征伐、狩猎、宴庆等场合，都要举行一定的仪式，在举行各类仪式、礼节的时候，就要配合演奏乐章。所以，当时朝廷，专门设有乐宫"太师"等，乐宫的职务就是专门负责编制和教演各种乐曲，供上述各个场合使用。可以想见，当时乐官们在编制乐章时，除了自己创制以外，一定还要利用或参考许多民间唱词和乐调，这样收集流传的一些民间乐歌作品，也会是他们经常的一项不可缺少的工作。当然，这是指《诗经》中的那些流传于各地的

民谣俗曲说的。

（二）献诗

《诗经》中还有很多颂诗和贵族文人所作的政治讽谏诗，是如何得来的呢？即通过所谓"献诗"的渠道，而汇聚到当时朝廷中来的。

献诗说认为古代天子为了考查时政，命诸侯百官献诗。宋朱熹在《诗集传·〈国风〉注》中认为"风"诗是诸侯采来作为贡物献给天子，天子得到后就拿给受乐官看，通过这些诗来考察民风的好坏，以此来了解政治的得失。采诗与献诗，目的是一致的。根据《国语·周语》记载，周王朝是有让公卿列士即贵族官员和文人献诗的制度。所谓"天子听政，使公卿至于列士献诗，瞽（盲艺人）献曲，史（史官）献书"，我们从《诗经》中的一些作品看，"献诗"的事也是确实存在的。如《大雅·民劳》："王（指周厉王）欲玉女，是用大谏。"《小雅·节南山》："家父（周幽王时大夫）作诵，以究王讻。"《大雅·崧高》："吉甫（即尹吉甫，周宣王时

大臣）作诵，其诗孔硕"等，说明公卿
列士献讽谏诗或歌颂诗的事是存在的。

（三）孔子删诗

我国最早的诗歌总集《诗经》，在
汉武帝独尊儒术后升格为国定经典。全
书共有诗歌三百零五篇，由"风""雅"
和"颂"三个部分组成，编排井然有序。
但是，究竟由谁将这些诗歌编纂整理成
书的呢？迄今仍存在种种不同的说法。
最有代表性的就是孔子删诗说。

把《诗经》的编纂之功归之于孔子
一人。这种说法起源于汉代。《史记·孔
子世家》载："古者诗三千余篇，及至孔子，
去其重，取可施于礼义，……三百五篇
孔子皆弦歌之，以求合韶武雅颂之音。"
《汉书·艺文志》说："孔子纯取周诗，上
采殷，下取鲁，凡三百五篇。"都认为是
由孔子选定《诗经》篇目的。于是，提出

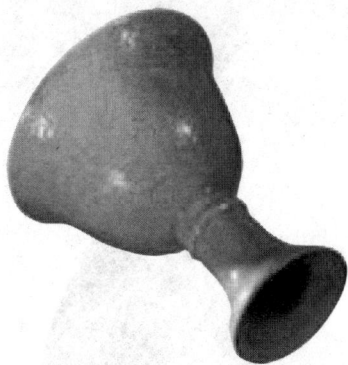

了孔子删诗的观点。主张这种说法的理由主要有下面三点：

第一，汉代距离春秋，战国不远，司马迁所依据的材料自然比后人要多，也更加可靠。我们怎么能不相信汉代的司马迁，而相信唐宋以后的说法呢？

第二，古代大小国家有一千八百多，一国献一诗，也有一千八百多篇，而现存的"国风"，有的经历一二十个国君才采录一首，可见古诗本来是很多的，根本不止三千。孔子从前人已收录的三千多篇诗中选取三百零五篇编为集子，作为教科书，是可能的。

第三，所谓删诗并不一定全篇都删掉，或者是删掉篇中的某些章节，或者是删掉章节中的某些句子，或者是删掉句中的某些字。我们对照书传中所引的，《诗经》中有全篇未录的，也有录而章句不用的，可见这种情况是与删诗相吻合的。

持不同意见的人则针锋相对地提出孔子没有删过诗的理由。其主要理由有：

第一，《左传·襄公二十九年》记载吴公子季札到鲁国观周乐，演奏十五"国风"和"雅""颂"各部分，其中的编排顺序与今天的《诗经》大体相同。而据现存的资料看，孔子当时只有 8 岁，根本不可能删诗，可见孔子之前就有和今天《诗经》的编次，篇目基本相同的集子。

第二，孔子自己只是说"正乐"，并没有说删诗。虽然当时的诗是配乐的，但诗、乐毕竟还是有区别的，诗主要指

文字，而乐主要指乐曲。再说孔子返鲁时已经69岁，如果删诗该在这个时候，为什么在这之前他一直说"《诗三百》"呢？

第三，《诗经》中有不少"淫诗"，这些不符合孔子礼乐仁政思想的诗，为什么没有删掉？

第四，先秦各种史籍所引的诗，大多数见于今天的《诗经》，不过五十首，这说明《诗》在当时只有三百篇。即使孔子删过诗，由于他在当时只是诸子中的一家，影响不是很大，也不大可能影响到同时期的其他著作，更不可能影响到

他以前的著作。

上述两种观点，唇枪舌剑，至今还争论不休。从表面上看，似乎后者证据更有力一些，但我们不能硬扣一二条死材料，而应该在尊重史料的基础上，结合当时的历史背景作一些合理的推测。当然问题并不会如此简单，还需要作进一步的研究，搞清楚这个问题对研究《诗经》，尤其是研究孔子的思想会有很大帮助的。

（四）太师编纂

在周代，诗的用途很广，除了典礼、娱乐和讽谏等用诗以外，它还经常用在外交场合，用来"赋诗言志"，即作为表达情意、美化辞令的工具。所以《周礼·春官》中又有"大师教六诗"（按《周礼》书中所指即风、赋、比、兴、雅、颂。故"教六诗"，即可以理解为全面讲授《诗

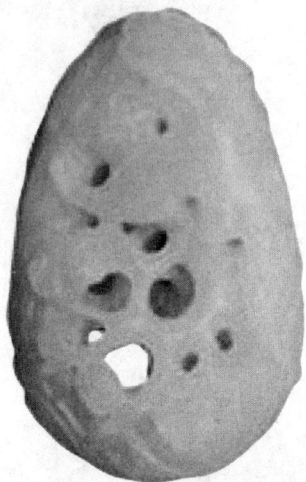

经》的意思。另外《毛诗序》又称"六诗"为"六义","故诗有六义焉：一曰风、二曰赋、三曰比、四曰兴、五曰雅、六曰颂"）、"以乐语教国子"的说法，这就是说，乐官太师在当时还有用诗歌（"乐语"即诗）教国子（贵族子弟）的任务。《诗三百篇》，也可能正是乐官太师为了教授国子而选订的课本。今人朱自清认为，《诗经》的编审权很可能在周王朝的太师之手。他在《经典常谈》中指出，春秋时各国都养了一班乐工，像后世阔人家的戏班子，老板叫太师。各国使臣来往，宴会时都得奏乐唱歌。太师们不但要搜集本国乐歌，还要搜集别国乐歌。除了这种搜集来的歌谣外，太师们所保存的还有贵族们为了某种特殊场合，如祭祖、宴客、房屋落成、出兵打猎等等作的诗，这些可以说是典礼的诗。又有讽诗、颂美等等的献诗，献诗是臣下作了献给君上，准备让乐工唱给君上听的，可以说是政治诗。太师们保存下这些唱本，附带乐谱、唱词共有三百多篇，当时通称作《诗三百》。各国的乐工和太师们是搜集、整理《诗经》的功臣，但是要取得编纂整体的统一，就非周王朝的太师莫属。《国语·鲁语下》有"正考父校商之名颂十二篇于周太师"的记载，正考父是宋国的大夫，献《商颂》于周王朝的太师。今本《诗经》的《商颂》只有五篇，很可能是太师在十二篇基础上删定的。由此看来，《诗经》应当是周王朝的太师编定的。

（五）流传

《诗经》在其产生的同时，就广泛被应用于政治生活中，成为兴、观、群、怨的工具，曾使中国古代贵族文化发展到一种极优美、雅致的时代。

战国之时，《诗》亦在孟子、荀子等儒家典籍中被作为论证的理论依据，具有崇高地位。

先秦古籍，在秦始皇"焚书坑儒"和楚汉相争的战火之后，散失很多。但《诗经》由于是口头讽诵的诗，因此得以比较完整地保存下来。汉代传习《诗经》的有鲁、齐、韩、毛四家，即后世所谓的"四家诗"。《鲁诗》是因鲁人申培而得名的，传者为汉初鲁人申培，文帝时立为博士。《齐诗》出于齐人辕固生。传者为汉初齐人辕固，景帝时立为博士。《韩诗》出于燕人韩婴。传者为汉初燕人韩婴，文帝

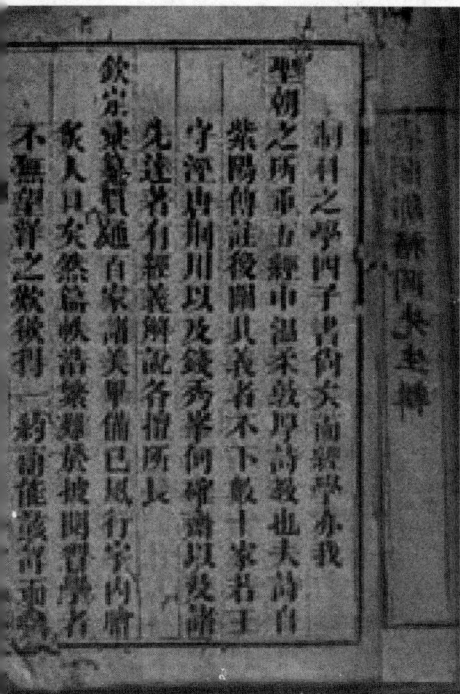

时立为博士。《毛诗》是由其传授者毛公而得名的。传者为秦汉时鲁人毛亨及汉初赵人毛苌，平帝时曾一度被立为学官。

其中，鲁、齐、韩三家被称"三家诗"。前三家在西汉时代即已立于"学官"，就是由朝廷立为正式学习的科目，《毛诗》出现得较晚，东汉时方立于学官。但《毛诗》一派却后来居上，影响颇大。《毛诗》盛行，鲁、齐、韩三家诗便逐渐衰落，他们所传授的本子也亡佚了。"三家诗"亡佚的情况，大致是这样："鲁诗"亡于西晋，"齐诗"亡于三国魏，"韩诗"亡于宋。现在我们读到的《诗经》，就是《毛诗》，即汉代毛公讲解和留传下来的本子。

三、周民族史诗和怨刺诗

（一）履迹生民

在西方，"史诗"的概念首先是由亚里士多德提出的，而代表性的作品是荷马的两部史诗——《伊利亚特》和《奥德赛》。而近代学者们注意到了《诗经》中的"史诗品格"，而推崇"大雅"当中的一些篇章。"大雅"当中的《生民》《公刘》《绵》《皇矣》《大明》等五篇被当做周民族的史诗。从诗的体制来看，上述五篇的确无法和荷马史诗相提并论，但以韵文的方式来讲述周民族起源时期的英雄神话、传说和历史故事，它叙述的是民族从部落时代直到战胜殷商的故事，却使这几篇具有了史诗的品格。这些作品记述了人类"童年时代"的精神风貌，是那个时代人们对现实的认识。

《生民》讲述的是周民族的始祖后稷的生平故事。

后稷是古代一位著名的农业神。他作为周民族的祖先，又被奉为百谷之神。

《史记·周本纪》对他的身世记载很详细，说他名叫弃，他的母亲是原为炎帝后代有邰氏的女儿，叫姜嫄。姜嫄当了帝喾之妃，因在郊外踩了一个巨人的脚印而怀孕。她觉得生下这个儿子不祥，便把他抛弃在一条小巷子里，可牛马走过都不去踩这个婴儿。又把他抛在山林里，恰逢山林中人多。最后她把孩子放在冰上，飞鸟用翅膀保护他。姜嫄觉得很神，遂将孩子抱回抚养。因为最初这个孩子曾被抛弃过，所以给取名为弃。

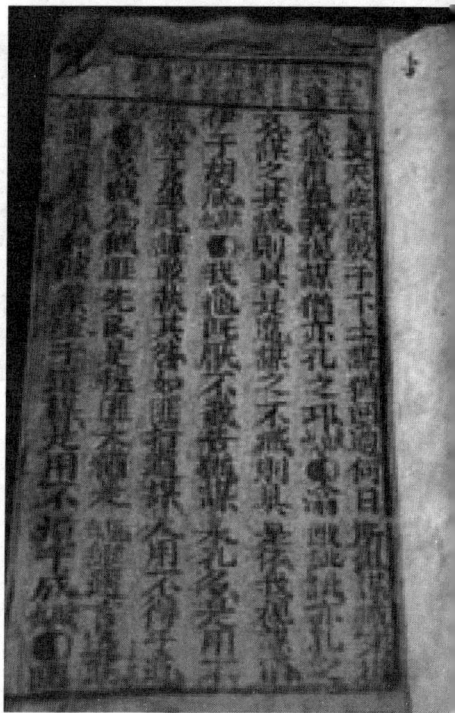

有邰氏生活在关中西部的渭河平原，长期从事农耕。弃一直生长在这，受到农耕文明的熏陶，酷爱农事。儿时常以种植五谷瓜豆作为游戏。稍长又虚心学习姜族的农业技术，不断总结农业生产经验，很快成为一名农业专家。长大后离开舅家，回到姬姓部落，周人从此进入父系社会，弃成为周人的始祖。他教民稼穑，相地之宜，除草间苗，选择推

广优良品种，不断提高农业产量，使周人的农业生产得到很大发展，成为著名的农耕部落。夏朝时弃被任命为"后稷"，负责管理农业。

后稷的曾孙公刘又带领族人迁徙到了豳，此后文王出生，周民族此时的实力已经十分强大。于是周民族在邰地安居下来，祭祀上帝，使子孙繁衍，氏族繁荣。这无疑正反映了周民族较早地进入农业文明社会的状况，并以此而自豪。

《公刘》则塑造了公刘这位周族开国史上第二个英雄人物。在后稷身上罩有浓厚的神话色彩，而公刘则无。诗共六章，叙述了因避西戎的侵扰，公刘率族人从有邰迁到豳地的史实。诗中几章都以"笃公刘"开端，"笃"是笃厚诚实的意思，表现了对民族领袖的无上赞美。而且诗中还描写了周人到了新居住地以后，开垦荒地，丈量农田，选择京邑，建筑宫室的整个过程。

诗中描写公刘具有非凡的领导才能。面对外族的侵扰，他团结整个周族，作了充分的准备，领导全族人民进行了一次有条不紊的大迁徙，既有智慧，又很勇敢。还写了公刘率周族到豳地后，察看"百泉"和广阔平原时的喜悦心情。诗以寥寥数语展示了英雄的风采。在一片平坦广阔的原野上，流泉潺潺，青山起伏，公刘面对这片依山傍水的新定居地，心中充满喜悦，把"于时言言，于时语语"与第二章中"何以舟之？维玉及瑶，鞞琫容刀"（大意是：用什么做成佩带？是美玉和宝石，装饰在佩刀玉鞘上）

连在一起看，一位潇洒畅达的英雄，便在眼前活了起来。

《皇矣》叙述了文王伐密伐崇的战争。

《绵》叙述了公刘的十世孙，周文王的祖父古公亶父从豳迁徙到岐下（今陕西岐山）直到文王受命为止的历史。诗的开头以瓜秧上绵绵不断地结出大瓜、小瓜起兴，比喻周民族由小到大，繁衍不绝。但古公亶父迁徙之始，还是居住在土窑土洞里，生活相当艰苦。而不久就发现了岐山之南名为"周"的平原沃野（今陕西扶风县），大家喜出望外，便在那里开荒筑室，创建家园，定居下来。从此也就以周人自称。诗中生动地描述了群体在周原营建家室、宗庙的情景："捄之陾陾，度之薨薨。筑之登登，削屡冯冯。百堵皆兴，鼛鼓弗胜。"那种百堵高墙平地起，劳动歌声胜鼓声的热烈场面，充分表现了一个新兴民族的不畏艰苦的创业精神。而《大明》叙述的重点则在武王伐商，写得十分生动。这是一场"以少胜多"的战争，战争的场面在短短的几十个字中得到了渲染铺排——"殷商之旅，其会如林"，写殷朝"正规军"兵士众多，来势汹汹，大有"以大压小"之势；"牧野洋洋，檀车煌煌，驷骥彭彭。维师尚父，时维鹰扬。凉彼武王，肆伐大商，会朝清明"，写武王的对阵，面对大军压力的紧张、警觉，特别是太师尚父如苍鹰般矫健的形象，预示着周民族军队所向披靡，取得最后胜利。

从《生民》到《大明》五篇史诗，比较完整地勾画出了周人的发祥、创业和建国的历史。诗中所记录的就是一些创业的事实，所歌颂的就是民族历史上像后稷、公刘、古公亶父、周文、武王等一批创业维艰的带有传奇性的英雄人物。早于周人还有夏、商两代，当时可能也有史诗流传过，但都没有用文字记载下来。史诗是一个民族发祥、创业的胜利歌唱，是民族历史的第一页。这仅

存的古老诗篇，正是非常珍贵的。

除了西周前期的"大雅"中的这些史诗之外，在西周后期的"小雅"中也有一些史诗性的叙事诗，如《出车》记周宣王时南仲的征伐玁狁，《常武》写周宣王亲征徐夷，《采芑》《六月》记周宣王时同蛮荆和玁狁的战争等等。如果把这些诗篇有次序地排列起来，那么，西周以前及西周时期的历史就可以理出一条线索来了。这些史诗作为叙事之作，其长处在于简明而有条理。但由于其写作目的主要在于记述史实（包括被当做史实的传说）和颂扬祖先，对于故事情节、人物形象不甚重视。而且在《诗经》里面，叙事诗并不多，主要就是以上这些。可见从《诗经》起，就显示出中国诗歌不太重视叙事诗的倾向。

《诗经》所记述的还是周民族如何在与自然的和谐共处中创造自己的文明。人们眷恋的是平静和睦的乡村生活，而

并不主动对外扩张，后来的战争也是为了驱逐外敌、反抗暴政。这些史诗有着强烈的抒情倾向，而周民族的史诗则是由周朝的史官乐官撰写，在祭祀先祖的仪式上歌唱，基本内容比较固定。这些诗篇，记述传神，描写生动，开启了后世叙事诗的先河。

（二）"贪而畏人"的《硕鼠》

《诗经》中的大部分作品都是当时社会生活的真实反映，都是作者从实际生活出发，反映现实生活中的真实事件，揭露社会问题，并抒发自己的真情实感。我们称之为"怨刺诗"。

　　"怨刺诗"大多收在"雅"诗和"国风"中，都是些"变风""变雅"的作品，都具有强烈的批判现实的精神，在中国古代诗歌史上具有深远的影响。"怨刺诗"又可分作两类，一类出自贵族阶级具有忧患意识的文人之手，多为公卿列士的讽喻劝诫之作。有的借古讽今，以斥责奸佞为主题，如《巷伯》《正月》。大多作品是针砭时弊、指斥昏君，如《劳民》《板》《荡》等，这类作品主要收录在二"雅"中。另一类"怨刺诗"多出自民间普通劳动者之手，更直接地反映了下层民众的思想、感情和愿望。其内容更深广，怨愤更强烈，讽刺也更尖刻，具有更激烈的批判精神，如《硕鼠》《伐檀》《新台》《南山》《黄鸟》等。这些作品主要保存在"国风"中，都是作者选取真实的典型事例，从客观出发去向人们展示当时的社会。《硕鼠》就是最具代表性的。

　　硕鼠硕鼠，无食我黍。

三岁贯女，莫我肯顾。

逝将去女，适彼乐土。

乐土乐土，爰得我所。

硕鼠硕鼠，无食我麦。

三岁贯女，莫我肯德。

逝将去女，适彼乐国。

乐国乐国，爰得我直。

硕鼠硕鼠，无食我苗。

三岁贯女，莫我肯劳。

逝将去女，适彼乐郊。

乐郊乐郊，谁之永号？

这是一首农民反抗统治者残酷剥削的诗。农民负担重，无法忍受，干脆把统治者比作贪得无厌的大老鼠，感到忍受不了这帮家伙的沉重压榨，想要逃到一块"乐土"中去。诗歌运用生动形象的比喻，揭露了剥削者贪婪可鄙的本质，抒发了奴隶们对剥削制度的愤恨情绪，表达了人民对乐土的追求。比喻、讽刺手法的运用，含意深刻；采用重章叠句反复吟咏的方式抒发情感。这类诗以写实的手法抒发自己的真切感受，让我们对那个时代有了更深刻的了解。

西周中叶以后，特别是西周末年厉王和幽王时期，厉王横征暴敛，虐待百姓，还不让国人谈论国家政事。周幽王昏庸无道，宠爱妃子褒姒，致使周室衰微，社会动荡，政治黑暗。这种情形引起了统治阶级内部一些有识之士的深重忧患。可以说动荡的社会背景为当时的文人创造了契机，他们以创作来抒发自己内心的愤慨、不满，因而产生了针砭时政的"怨刺诗"。在民间则由于王室衰

微，礼崩乐坏，王室攻伐，连年的战争，无休止的徭役，使人们身心不稳，便借此咏唱，来抒发心中的悲喜情绪。可以说这些怨刺之作无不带有鲜明的乱世印记。自从人类进入阶级社会以后，被剥削阶级反剥削的斗争就没有停止过。奴隶社会，逃亡是奴隶反抗的主要形式，殷商卜辞中就有"丧众""丧其众"的记载；经西周到东周春秋时代，随着奴隶制衰落，奴隶更由逃亡发展到聚众斗争，如《左传》所载就有郑国"萑苻之盗"和陈国筑城者的反抗。《硕鼠》一诗就是在这一历史背景下产生的。

全诗三章，意思相同。头两句直呼剥削者为"硕鼠"，并以命令的语气发出警告："无食我黍（麦、苗）。"老鼠形象丑陋又狡黠，性喜窃食，借来比拟贪婪的剥削者十分恰当，也表现了诗人对其愤恨之情。三四句进一步揭露剥削者贪得无厌："三岁贯女，莫我肯顾（德、劳）。"诗中以汝、我对照：我多年养活汝，汝却不肯给我照顾，给予恩惠，甚至连一点安慰也没有，从中揭示了汝、我关系的对立。这里所说的汝、我，都不是单个的人，应扩大为你们、我们，所代表的是一个群体或一个阶层，提出的是谁养活谁的大问题。后四句更以雷霆万钧之力喊出了他们的心声："逝将去女，适彼乐土。乐土乐土，爰得我所。"诗人认识到了汝我关系的对立，便公开宣布"逝将去女"，决计采取反抗，不再养活汝! 一个"逝"字表现了诗人决断的态度和坚定决心。尽管他们要寻找的安居乐业、不受剥削的人间乐土，只是一种幻想，现实社会中是不存在的，但却代表着他们美好的生活憧憬，也是他们在长期生活和斗争中所产生的社会理想，更标志着他们新的觉醒。正是这一美好的生活理想，启发和鼓舞着后世劳动人民为挣脱压迫和剥削不断斗争。

（三）《株林》里陈灵公的荒淫丑事

上层统治者的政治腐败，往往又是与生活上的荒淫相伴而行的。这后一方面，当然也逃不过民众雪亮的眼睛。"国风"民歌中对这类秽行的揭露屡见不鲜，即是有力的证明。

《株林》堪称这类诗作中的杰作。由

于它对陈灵公君臣狗彘之行的揭露，用了冷峻幽默的独特方式，给人们的印象也更为深刻。

胡为乎株林？从夏南。

匪适株林，从夏南。

驾我乘马，说于株野。

乘我乘驹，朝食于株。

东周时期，陈国的国君陈灵公是个绝无威仪的君主，他为人轻佻惰慢，耽于酒色，逐于游戏，对国家的政务不闻

不问。他专宠着两个大夫，一个叫孔宁，一个叫仪行父，全是酒色之徒。这样一君二臣，臭味相投，全无顾忌。

　　陈国有个大夫叫夏御叔，住在株林，娶郑穆公之女为妻，名夏姬。夏姬生得娥眉凤眼，杏眼桃腮，狐色狐媚。她未出嫁时，便与自己的庶兄公子蛮私通，不到三年，公子蛮死，后来就嫁给夏御叔，生下一子名徵舒。徵舒12岁时其父病亡，夏姬隐居株林。孔宁和仪行父与御叔关系不错，曾窥见夏姬之美色，心中念念不忘。夏姬有个侍女叫荷华，伶俐，惯于迎合主人。孔宁以厚金交结荷华，求其穿针引线，果得事成。仪行父心中羡慕，也私交荷华，求其为自己通融。仪行父自此与夏姬往来更密，孔宁不觉受到冷落。孔宁知道夏姬与仪行父过往甚密，心怀妒忌，于是心生一计。一日，孔宁独自去见陈灵公，言谈之间，说到夏姬的美色，天下无双。灵公说："寡人

久闻她的大名，但她年龄已及四旬，恐怕是三月的桃花，未免改色吧！"孔宁忙说："夏姬容颜不老，常如十七八岁女子模样。"灵公一听，便急于见到夏姬。

次日，陈灵公微服出游株林，孔宁相随，这一游就游到了夏家。次日早朝，百官俱散，灵公召孔宁谢其荐举夏姬之事，而且还穿着夏姬的内衣，在朝廷上互相嬉闹，胡言乱语。

陈灵公本是个没有廉耻的人，加上孔、仪二人一味奉承帮衬，更兼夏姬善

于调停，三人狼狈为奸。夏姬的儿子徵舒渐渐长大知事，转眼间徵舒长到 18 岁，生得长躯伟干，多力善射。灵公为取悦夏姬，就让徵舒袭父亲的司马官职，执掌兵权。徵舒因感激嗣爵之恩，在家中设宴款待灵公。夏姬因其子在坐，没有出陪，酒酣之后，君臣又互相调侃嘲谑，毫无人形。徵舒因讨厌他们的行为，退在屏后，偷听了他们说的话。灵公对仪行父说："徵舒躯干魁伟，有些像你，莫不是你的儿子？"仪行父笑道："徵舒两目炯炯，极像主公，还是主公所生。"三人拍掌大笑。徵舒闻此，就再也按捺不住，暗中将夏姬锁在内室，从便门溜出，吩咐随行军众，把府第团团包围。徵舒一箭射死了陈灵公。而孔、仪二人则赤着身子逃到楚国。

对于陈灵公的丑恶行为，陈国的老百姓早已不堪入目，他们便用诗歌的形式来揭露和讽刺，《株林》就是这样的一首诗。

此诗之开篇，几次问，几次应答。发问既不知好歹，表现着一种似信还疑的狡黠；应对则极力挣扎，模拟着做贼心虚的难堪。这样的讽刺笔墨，实在胜于义愤填膺的直截。它的锋芒，简直能穿透这班衣冠禽兽的灵魂！到了二章，又换了一副笔墨。用的是第一人称（我）的口吻，就不仅使这幕君臣通淫的得意唱和，带有了不知羞耻的意味；甚至还能让读者窥见在车马抵达株邑之野时，君臣脸上所浮动的忘形淫笑。

这样的讽刺笔墨，实在是犀利的。所以连《毛序》在论及此诗时，也不免一改庄肃之态，而语带讥刺地书曰："《株林》，刺灵公也。淫乎夏姬，驱驰而往，朝夕不休息焉。"这首诗旁敲侧击，意在言外，把陈灵公的荒淫丑事活脱脱地暴露出来，取得了强烈的讽刺效果。

四、《诗经》中的爱情诗

　　《诗经》是我国第一部诗歌总集，代表了西周初年至春秋中叶的诗歌创作，其中描写爱情的篇幅占了很大比重。爱情是人类最美好的情感之一，《诗经》中的爱情诗，热烈而浪漫，清纯而自然，是心与心的交流，情与情的碰撞。

　　（一）自由恋爱

　　周初，礼教初设，古风犹存，青年

男女恋爱尚少禁忌，相对来说还是比较自由的。《郑风·溱洧》便是极具代表性的一篇。诗中写的是郑国阴历三月上旬巳日男女聚会之事。阳春三月，大地回暖，艳阳高照，鲜花遍地，众多男女齐集溱水、洧水岸边临水祓禊，祈求美满婚姻。一对情侣手持香草，穿行在熙熙攘攘的人群中，感受着春天的气息，享受着爱情的甜蜜。他们边走边相互调笑，并互赠芍药以定情。这首诗如一首欢畅流动的乐曲，天真淳朴，烂漫自由。以前有人认为《溱洧》通篇"皆为惑男之语"，实乃"淫声"，然以今天的眼光客观地看，这种未经礼教桎梏的、道学家口中的所谓"淫"，正是自然的人性，是一种活泼生命的体现，是真正意义上的对天地精神的遵从。它标志着和谐、自由、平等，散发着愉快与天真的气息。

《周南·关雎》的作者热情地表达了自己对一位窈窕美丽、贤淑敦厚的采荇女子的热恋和追求，"关关雎鸠，在河之洲。窈窕淑女，君子好逑。"表达了对与她相伴相随的仰慕与渴望，感情单纯而真挚，悠悠的欣喜，淡淡的哀伤，展现了男女之情的率真与灵动。

《卫风·木瓜》："投我以木瓜，报之以琼琚。匪报也，永以为好也!"表达了远古时候青年男女自由相会、集体相会、自由恋爱的美好，女子把香美的瓜果投给集会上的意中人，男子则解下自己身上的佩玉作为定情物回赠给心中的

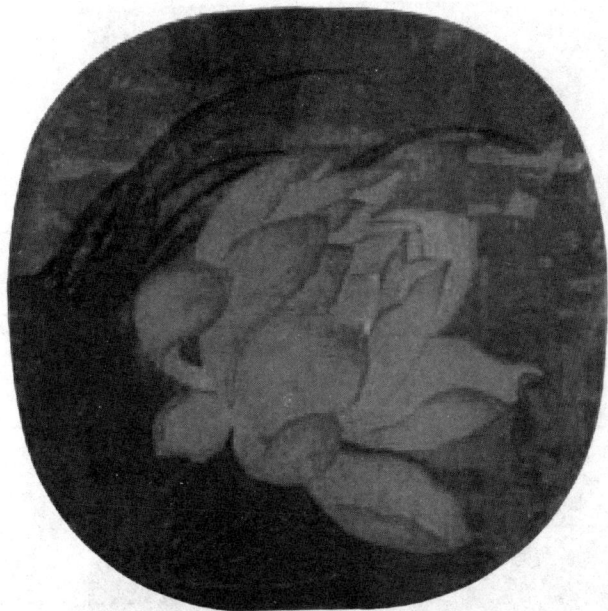

姑娘。这首诗带有明显的男女欢会色彩，一是互赠定情物，表示相互爱慕；一是邀歌对唱，借以表白心迹。

《召南·摽有梅》是少女在采梅子时的动情歌唱，吐露出珍惜青春、渴求爱情的热切心声。

《卫风·淇奥》以一位女子的口吻，赞美了一个男子的容貌、才情、胸襟以及诙谐风趣，进而表达了对该男子的绵绵爱慕与不尽幽怀。

《邶风·静女》描写男女幽会："静女

其姝，俟我于城隅。爱而不见，搔首踟蹰。静女其娈，贻我彤管。彤管有炜，说怿女美。自牧归荑，洵美且异。匪女之为美，美人之贻。"一个男子在城之一隅等待情人，心情竟至急躁而搔首徘徊。情人既来，并以彤管、茅荑相赠，他珍惜玩摩，爱不释手，并不是这礼物有什么特别，而是因为美人所赠，主人公的感情表现得细腻真挚。虽然都是通过男子表现对于爱情的甜蜜与酸涩，但是也可以从侧面看出当时女子对于爱情同样是有着美好的期盼。

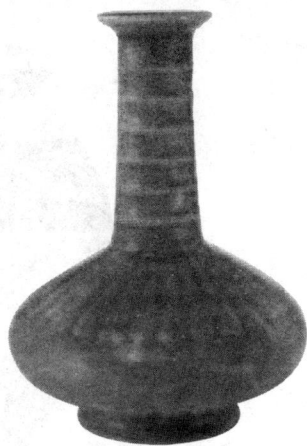

（二）恋爱受阻

自由恋爱渐渐受到家庭等各方面的束缚，父母之命，媒妁之言，迫使许多人不能与心上人结为爱侣，其中的失落与心酸，谁能道尽说完！《郑风·将仲子》里的这位女主人公害怕的也正是这些礼

教。"将仲子兮，无逾我里，无折我树杞。岂敢爱之，畏我父母。仲可怀也，父母之言，亦可畏也。"对于仲子的爱和父母、诸兄及国人之言成为少女心中纠缠不清的矛盾，一边是自己所爱的人，另一边是自己的父母兄弟，怎么办呢？几多愁苦，几多矛盾，少女的心事又怎能说清呢？

《鄘风·柏舟》："髧彼两髦，实维我仪。之死矢靡它。母也天只，不谅人只。"这个女子如此顽强地追求婚姻爱情自由，宁肯以死殉情，呼母喊天的激烈情感，表现出她在爱情受到阻挠时的极端痛苦和要求自主婚姻的强烈愿望。从中也可以看出当时女性追求恋爱自由、婚姻自由的迫切愿望。

（三）相思之情

《诗经》里也有很多诗细腻地描写出思念情人的忧郁苦闷心理。如《卷耳》："采采卷耳，不盈顷筐。嗟我怀人，寘彼周行。"诗中女子怀念远方的爱人，在采卷耳时心里想的都是他，以致采了许久那个箩筐都没填满。又如《郑风·子衿》："青青子衿，悠悠我心。纵我不往，子宁不嗣音？"这里面就含有对情人的埋怨与不满。还有《狡童》："彼狡童兮，不与我言兮。维子之故，使我不能餐兮！彼狡童兮，不与我食兮。维子之故，使我不能息兮！"情人不理会她，使她寝食难安。《郑风·风雨》："风雨凄凄，鸡鸣喈喈。既见君子，云胡不夷！"写的则是见到情人时的欣

喜心情，可见思念之深之切。

《秦风·蒹葭》："蒹葭苍苍，白露为霜。所谓伊人，在水一方。溯洄从之，道阻且长。溯游从之，宛在水中央。"诗中写的是单相思，对于所爱的人，可望而不可即，几多愁苦，几多思念！

思念妻子或丈夫的诗也是情深意切，于朴实的语言中透露出那种深厚缠绵的感情。

《邶风·击鼓》："死生契阔，与子成说。执子之手，与子偕老。"一位出征在

外的男子对自己心上人的日夜思念：他想起他们花前月下"执子之手，与子偕老"的誓言，想起如今生离死别、天涯孤苦，岂能不泪眼朦胧、肝肠寸断？

《卫风·伯兮》写了一位女子自从丈夫离别后，无心梳洗，思念之心日日萦绕期间，苦不堪言。"自伯之东，首如飞蓬。岂无膏沐？谁适为容！其雨其雨，杲杲出日。愿言思伯，甘心首疾。"也许为国征战是英勇豪迈的，可是人生的天涯孤苦和生离死别，总是让有情的人们感到撕心裂肺的痛。

《诗经》中也有不少是祝贺新婚女子的，如《桃夭》："桃之夭夭，灼灼其华。之子于归，宜其室家。"这首诗轻快活泼，诗人热情地赞美新娘，并祝她婚后生活幸福。

《诗经》是中国古代文学史上的一朵奇葩，其爱情诗更是体现那个时代人民的情感生活，其思想内涵以现代的眼光

看来仍具有很大的艺术价值。好的事物总是经得起时代考验的，千年过去之后，《诗经》仍然以其非凡的魅力感染着人们。

（四）"风"之始的《关雎》

《关雎》是"风"之始也，也是《诗经》第一篇。古人把它放在三百篇之首，说明对它评价很高。从《关雎》的具体表现看，它确是男女言情之作，是写一个男子对女子爱情的追求。其声、情、文、义俱佳，足以为"风"之始，三百篇之冠。孔子说："《关雎》乐而不淫，哀而不伤。"

（《论语·八佾》）此后，人们评《关雎》，皆"折中于夫子"（《史记·孔子世家》）。

关关雎鸠，在河之洲。

窈窕淑女，君子好逑。

参差荇菜，左右流之。

窈窕淑女，寤寐求之。

求之不得，寤寐思服。

悠哉悠哉，辗转反侧。

参差荇菜，左右采之。

窈窕淑女，琴瑟友之。

参差荇菜，左右芼之。

窈窕淑女，钟鼓乐之。

第一章写雎鸠成双在河滩上鸣叫，来兴起淑女配偶不乱，是君子的好匹配。以"窈窕淑女，君子好逑"统摄全诗。第二章的"参差荇菜"承"关关雎鸠"而来，也是以洲上生长之物即景生情。"求"字是全篇的中心，通首诗都在表现男子对女子的追求过程，即从深切的思慕到实现结婚的愿望。第三章抒发

求之而不得的忧思。这是一篇的关键，最能体现全诗精华。此章不但以繁弦促管振文气，而且写出了生动逼真的形象。林义光《诗经通解》说："寐始觉而辗转反侧，则身犹在床。"这种对思念情人的心思的描写，可谓"哀而不伤"者也。第四、五章写求而得之的喜悦。"琴瑟友之""钟鼓乐之"，都是既得之后的情景。"友""乐"，用字自有轻重、深浅不同，既写高兴满意而又不侈靡。通篇诗是写一个男子对女子的思念和追求过程，写

求之而不得的焦虑和求而得之的喜悦。

《关雎》是周朝的民歌。周代是中国历史上伦理道德色彩很浓厚的一个朝代，统治者建构了以宗法血缘观念为核心的一整套伦理道德体系。而在爱情审美价值观上，就是《关雎》闪耀的那种"和"美与人性美的特点，强调了伦理道德观念。唯其如此，《关雎》才得以列诗三百之冠，并倍受后人推崇。另外，民间是一片自由的天地，为这种爱情审美追求提供了合适的生长土壤和温度。

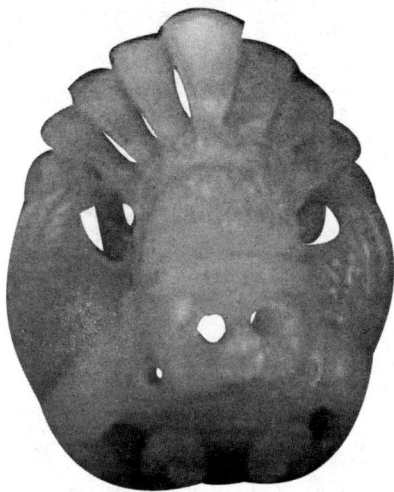

（五）怨而不怒，哀而不伤的弃妇诗

怨妇，自母系氏族社会向父系氏族社会转化的时候便产生了，最早提及到怨妇的文学作品可以追究到《诗经》。

古人对于怨的要求是——怨而不怒，哀而不伤。《诗经》中的怨妇向作品

基本上遵循这个原则，即使心中无比痛苦，仍然不可以对于丈夫怀有愤怒之情。

如《谷风》中的弃妇，也只是在不停地怀念过去幸福而艰苦的日子，怨恣丈夫有了新欢便忘了旧爱的现实，说出自己对于这个家庭的贡献。但是这样的诉说对于一个心已经不在这个女子身上的男人而言，再多也是没有用处的，只是增加丈夫心中的喜悦和自满。最后即使怨恨地说出当年丈夫对自己的誓言和约定，又有什么用处呢?《氓》中的弃妇又是不同的。前面说氓看起来老实的求婚，以及中间的逼迫，说明两人自由恋爱的现实，中间以桑葚与鸠的事件与女子耽于爱情作比较，说明女子耽于爱情必将受伤害。婚姻的现实也说明了这一点，女子尽心尽力为了这个家庭，却招致丈夫的毒打，三年被休于家，见弃于夫。最后弃妇认清了男子的真面目，既然他无情，自己也不必挂念着无情之人，让这段爱情就这样结束。

《氓》诗中塑造了一个卑贱的男人形象。氓是住在城郊家近复关的小商人，貌似憨厚，心怀狡诈，他以贸丝为名，打算赚个女人回去；他以嬉皮笑脸获得了女人的欢心，以谎言虚咒换取了女人的信任，以占卜算卦作为对女人忠诚的保证，就以这个手段欺骗了一个淳朴善良的女人。不只欺骗了女人的爱情，还骗到了女人的财物，更骗到了女人的劳动力。以假献殷勤而人财两得，以忘恩负义而成家立业。以损人利己而达到卑鄙目的，这就是氓的生意经。婚前是羊，婚后是狼，婚前装作奴才的样子，婚后

摆出老爷的架子，这就是氓的行径。诗中揭露了一个无信义、无情感、自私自利、奸诈虚伪的男人的本性。

在诗中还创造了一个善良热情、忠厚淳朴的劳动妇女形象。她很热情，虽然出于误会，但的确曾热爱过氓，看不到氓便"泣涕涟涟"，看到了氓便"载笑载言"；她沉醉在爱情里，"不可说也"；她见到氓急不可耐，便"将子无怒"，并

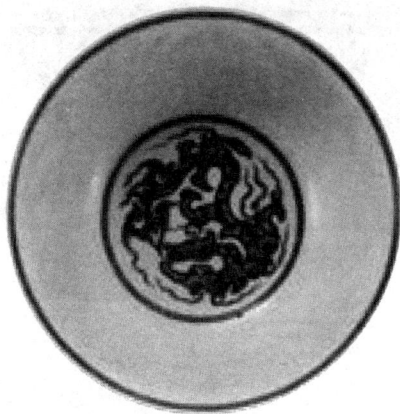

答应他"秋以为期"，她很淳朴，却过于天真，诚心诚意地将幸福与希望寄托在骗子身上。只由于"言笑"的"晏晏"，"信誓"的"旦旦"，以及龟卜蓍筮的一点儿好兆头，便"以尔车来，以我贿迁"。出嫁之后，虽含贫茹苦，夙兴夜寐，受到百般折磨，以至"其黄而陨"，但还是爱着氓："女也不爽"；然而氓却变了："士贰其行"。她忍受着贫困和虐待，精神受到侮辱，自尊心受到损伤，又不能从兄弟那里得到安慰，相反的还不时听到风言风语。这种状况激发她对自己发出"不思其反"的感伤，对男人引起"二三其德"的蔑视。这是忠厚女人的感伤："躬自悼矣"；这是善良女人的蔑视："士也罔极"。在感伤蔑视的推动下，她咬定牙根，站立起来："反是不思，亦已焉哉！"这是对恶人的指斥，对恶德败行的揭发，这是一种斗争情绪的表现。通过这一形象，反映了私有制度特别是封建制度对妇女

的侮辱和损害，反映了妇女特别是劳动妇女的悲惨命运，从而表现了人民反抗压迫的意志。

《氓》是一首弃妇的诗，描写了弃妇与负心男子从订婚、迎娶，又到遭受虐待、遗弃的经过，表达了弃妇遭受虐待与遗弃的痛苦与悲哀，同时也表达了她对"二三其德"的男子愤怒，尽管她也怀着对往事的无可奈何，但对爱情与婚姻的忠贞使她又表现出坚决的抗议和"不思其反"的决心。诗的叙述似乎沿着事情的发展经过在安排，但写得跌宕起伏，曲折多变。有初恋的期待，有迎娶的欢乐，有遭虐待的痛苦，有被遗弃的悲哀，更有不堪回首的叹息。其中又暗用对比，用前后的变化来表现男女主人公的性格。清人马瑞辰在《毛诗传笺通释》中写道："氓为盲昧无知之称。《诗》当与男子不相识之初则称氓；约与婚姻则称子，子者男子美称也，嫁则称士，士则夫也。"

而且选作意象的事物，既比喻得贴切、生动，也在暗示着情感事态的脉络。初婚之时桑"其叶沃若"，遭遇遗弃之时，则"其黄而陨"。读来自有神韵。

《诗经》中出现了大量的弃妇诗，如《邶风·柏舟》《邶风·日月》《邶风·谷风》《卫风·氓》《王风·中谷有蓷》《小雅·我行其野》等篇章。这些被遗弃的妇女有的是平民女子，有的是贵族公主，甚至还有被废黜的王后。这些诗或言遭弃之苦，或诉丈夫无情，凄凄楚楚哀婉动人。

五、农事与战争徭役诗

（一）农奴生活的长轴画《七月》

《七月》是《豳风》中的杰作。豳在今陕西旬邑和彬县一带，是周的祖先公刘率领族人由邰（今陕西武功西南）迁居至此而开发的。《豳风》就是这一地区的诗，共七篇，都产生于西周，是"国风"中最早的诗。周是重视农业的民族，豳诗大多有务农的地方色彩。但这首诗历来受到重视的主要原因，不在于它体现了《豳诗》的特点，而在于它以连续性的画面，具体全面地描绘了三千年前我国农奴的生活和劳动，真实反映了周代奴隶社会阶级对立的本质。

《七月》是"国风"中最长的一首诗。全诗八十八句，分为八章，以时间为顺序，逐月叙述了农奴们一年到头的繁重劳动和无衣无食的悲惨生活。

全诗可分为两大部分，前四章叙述

农奴们的农桑田猎劳动，后三章叙述农奴们的杂务劳动，第五章为两部分间的过渡。以劳动贯穿全诗始终，从衣、食、住三个方面把农奴和农奴主的生活作了对比。

这首诗有如画幅中的长卷，比较完整地展现出奴隶制社会的全景。它深刻地揭示出奴隶们沉重的劳动负担，受凌辱的地位，贫困的生活，悲惨的命运。男奴隶从年初便整治农具下田，在田官监督下劳动。到了粮食归仓，一年农事完了，还要为奴隶主做家内劳务，白天打草，夜里搓绳子，给奴隶主修缮房屋。冬季还要打猎，为奴隶主提供毛皮与肉食，此外还有酿酒、凿冰等等。总之，奴隶主生活所需的一切，都由奴隶劳动承担。女奴隶呢？春天采桑养蚕，秋天纺绩织作，还随时有被贵族胁迫、糟蹋的危险。奴隶们承担了全部劳务，生活却困苦异常。寒冬腊月没有衣穿，吃的

是苦菜,烧的是臭椿,住的是不蔽风寒的破陋房屋,要用泥巴涂上门窗才能勉强过冬。奴隶主贵族则完全是另一种景象。他们一切坐享其成,奢华异常。夏衣是鲜丽的织物,冬衣是狐貉等皮毛,住的是防风耐寒的房屋。他们饮酒食肉,祭祀宴享,祈求多福和长寿,还随意蹂躏女奴,发泄兽欲。这是多么鲜明的对比!

《七月》具有落尽芳华的古朴平淡风格。全诗似一农奴在低声吟唱自己的苦难生活:无穷无尽的劳作,不能温饱的生活,无人身自由的忧惧,精神上受蹂躏的辛酸。一词一句,一景一物,一情一事,都从他胸中溢出,是那么的自然流畅,不假思索,没有夸饰。诗人寓鲜明倾向于事实叙述中,这种生活真实具有铁一般的力量,有着无可争辩的逻辑性,它不可辩驳地证明了奴隶社会的残酷不合理,也透露了农奴的朦胧觉醒

和不满。这种古朴平淡的特点使诗篇产
生了感人至深的力量。

（二）战争徭役诗

以战争与徭役为主要题材的叙事和
抒情诗称为战争徭役诗，这类诗大概有
三十首。战争与徭役在作品中一般被称为
"王事"："王事靡盬，不遑启处"（《小
雅·采薇》），"王事靡盬，不能艺稷黍"
（《唐风·鸨羽》），"王事靡盬，忧我父母"
（《小雅·北山》）。

　　参加战争和徭役，是周人必须履行的义务。由于周人重农尊亲，所以从总体上看，战争和徭役诗，大多表现为对战争、徭役的厌倦，含有较为浓郁的感伤思乡的意识。从而凸现了较强的周民族农业文化的心理特点。

　　《诗经》反映战争徭役有两种情况：

　　其一，对周边民族的抵御与进攻（积极防御）。自西周建国，不断受到外来侵扰，北方的猃狁（戎狄），东南的徐戎、

淮夷，南方的荆楚等部族尚处于游牧阶段，未踏入文明之门，文化水准的差异及对子女财帛的垂涎，使他们对农业为主体的较为富庶的周民族发动进攻，于是就有了战争诗。周人创造的是农业文明，周人热爱和平稳定的农业生活环境。因此，更多的战争诗表现出对战争的厌倦和对和平的向往，充满忧伤的情绪。如《小雅·采薇》是出征猃狁的士兵在归途中所赋。北方猃狁侵犯周朝，士兵为保家卫国而出征。作者疾呼"靡室靡家，猃狁之故"，说明其所怨恨者是猃狁而非周天子。诗人对侵犯者充满了愤怒，诗篇中洋溢着战胜侵犯者的激越情感，但同时又对久戍不归，久战不休充满厌倦，对自身遭际无限哀伤。

其二，对内镇压叛乱。武王灭殷之后，囚禁商纣王的儿子武庚于殷国，并让管叔、蔡叔、霍叔监督武庚。武王死后，周公当政，武庚、管叔和蔡叔及徐国、

奄国相继背叛，周公率兵东征。经历了三年的激战，最后平定了叛乱。《豳风·东山》反映的就是士卒的厌战情绪。出征三年后的士兵，在归家的途中悲喜交加，想象着家乡的景况和回家后的心情。"我"久征不归，现在终于脱下戎装，穿上平民的衣服，再不要行军打仗了。归家途中，触目所见，是战后萧索破败的景象，田园荒芜，土鳖、蜘蛛满屋盘旋，麋鹿游荡，萤火虫闪烁飞动，但这样的景象并不可怕，更令人感到痛苦的，是家中的妻子独守空房，盼望着"我"的归来。遥想当年新婚时，喜气洋洋，热闹美好的情景，久别后的重逢，也许比新婚更加美好。这里既有对归家后与亲人团聚的幸福憧憬，也有前途未卜的担忧，整首诗把现实和诗人的想象、回忆结合在一起，极为细腻地抒写了"我"的兴奋、伤感、欢欣、忧虑等心理活动。诗人对战争的厌倦和对和平生活的向往，得到了充分的体现。

《君子于役》也是以徭役和战争为题材，写一个妇女思念在外服徭役的丈夫。全诗分为两章。

诗中写这位妇女的心理非常细致真实，她看到羊牛归来，自然会联想到久役不归的丈夫，她极力抑制这种思念之情——"君子于役，不知其期"，思念也无济于事，不如不去思念。但这又怎能

做得到呢？她是那样爱着自己的丈夫，时刻都在惦记着他。最后，在无可奈何之中，她只能以"苟无饥渴"来寄托自己对丈夫的深情。这首诗风格细腻委婉，诗中没有一个"怨"字，而句句写的都是"怨"，它从一个侧面写出了繁重的徭役给千百个家庭带来的痛苦。

诗中主要运用"赋"的手法，语言本色质朴。仅用"鸡栖于埘，日之夕矣，羊牛下来"这十二个字，就勾画出一幅典型的农村晚景图，画面中充满了恬静的气氛，以此来反衬女主人公的心情，是

很耐人寻味的。

这首诗反映了西周晚期和周室东迁以后社会动荡不安的状况。战争频仍，徭役繁重，丁壮被迫长期在外从事征役，不能跟家人团聚，土地无人耕种，民不聊生。这种状况是由"刑政之苛"（《毛诗序》）造成的，人民对此极为不满，所以用诗歌的形式来抒发他们对统治阶级的怨恨以及内心的悲伤，也表达了对和平劳动生活的向往。前人说"国风刺多于美"，由此便可以看出，这类"刺诗"的产生有着深刻的社会根源。

六、《诗经》的情感和思想

　　《诗经》是西周到春秋时代各社会阶层社会生活的反映，是民俗风情和个体情感交相辉映的历史画卷。我们可以通过它认识到数千载以前的先民的荣誉、期待、焦虑和种种的喜怒哀乐，聆听到来自远古的千回百转的袅袅余韵。

　　（一）《诗经》中的黍离之悲

　　《诗经·王风·黍离》采于民间，是

周代社会生活中的民间歌谣，基本产生于西周初叶至春秋中叶，距今三千年左右。作者不可考。诗作于西周灭亡后：一位周朝士大夫路过旧都，见昔日宫殿已夷为平地，种上庄稼。他不胜感慨，写下了这篇哀婉悲伤的诗。

彼黍离离，彼稷之苗。

行迈靡靡，中心摇摇。

知我者，谓我心忧；

不知我者，谓我何求。

悠悠苍天，此何人哉？

彼黍离离，彼稷之穗。

行迈靡靡，中心如醉。

知我者，谓我心忧；

不知我者，谓我何求。

悠悠苍天，此何人哉？

彼黍离离，彼稷之实。

行迈靡靡，中心如噎。

知我者，谓我心忧；

不知我者，谓我何求。

悠悠苍天，此何人哉？

全诗共三章，每章十句。表达了对国家昔盛今衰的痛惜伤感之情。从诗的字面看，三章的内容简洁明了：诗人在茂密成行的黍稷之间徘徊，便情不自禁忧伤起来，而且伴随着黍稷的成长（出苗——成穗——结实），那股伤感越来越浓（中心摇摇——中心如醉——中心如噎）郁积在诗人的心里无处宣泄，不得不仰望苍穹，一声长叹："悠悠苍天，此何人哉？""三章只换六字，而一往情深，低回无限"（方玉润《诗经原始》）。

关于《黍离》一诗的主旨，历来争议颇多。近人读诗，比较有代表性的有郭沫若在《中国古代社会研究》中将其定为旧家贵族悲伤自己的破产而作，余冠英则在《诗经雪》中认为当是流浪者诉述忧思，还有蓝菊荪的爱国志士忧国怨战说（《诗经国风今译》），程俊英的难舍家园说（《诗经译注》）等。说法虽

多，诗中所蕴含的那份因时世变迁所引起的忧思是无可争辩的，虽然从诗本文中无法确见其具体背景，但其显示的沧桑感带给读者的心灵震撼是值得细加体味的。另一方面，从诗教角度视之，正因其为大夫闵宗周之作，故得列于《王风》之首，此为诗说正统。

诗首章写诗人行役至宗周，过访故宗庙宫室时，所见一片葱绿，当年的繁盛不见了，昔日的奢华也不见了，就连刚刚经历的战火也难觅印痕了，看哪，那

绿油油的一片是黍在盛长，还有那稷苗
凄凄。"一切景语皆情语也"（王国维《人
间词话》），黍稷之苗本无情意，但在诗
人眼中，却是勾起无限愁思的引子，于
是他缓步行走在荒凉的小路上，不禁心
旌摇摇，充满怅惘。怅惘尚能承受，令
人不堪的是这种忧思不能被理解，"知我
者，谓我心忧；不知我者，谓我何求"。
这是众人皆醉我独醒的尴尬，这是心智

高于常人者的悲哀。这种大悲哀诉诸人间是难得回应的，只能质之于天："悠悠苍天，此何人哉？"苍天自然也无回应，此时诗人郁闷和忧思便又加深一层。

第二章和第三章，基本场景未变，但"稷苗"已成"稷穗"和"稷实"。稷黍成长的过程颇有象征意味，与此相随的是诗人从"中心摇摇"到"如醉""如噎"的深化。而每章后半部分的感叹和呼号虽然在形式上完全一样，但在一次次反复中加深了沉郁之气。难怪此后历次朝代更迭过程中都有人吟唱着《黍离》诗

而泪水涟涟。从曹植唱《情诗》到向秀赋《思旧》，从刘禹锡的《乌衣巷》到姜夔的《扬州慢》，无不体现这种情感的深沉。

（二）爱国精神——许穆夫人的《载驰》

爱国思想是中华之魂。历来无数古今作家书写了无数爱国诗篇，爱国思想也便成了文学的主题之一。在《诗经》中它也是最突出的主题之一。许穆夫人的诗《竹竿》《泉水》《载驰》就饱含着强

烈的爱国主义思想情感。许穆夫人是我国见于记载的第一位爱国女诗人。

许穆夫人是卫宣公之子姬顽（昭伯）之女，卫国君主卫懿公的异母妹妹。春秋之际，诸侯林立，卫国在当时是一个中等诸侯国，位于黄河中下游地区，首邑是商朝的朝歌。许穆夫人在少女时代就深为祖国的安危而担忧，思索着如何为保家卫国作出贡献。许穆夫人长得貌美多姿，许、齐两诸侯国都派使者前来求婚。诸侯各国之间的通婚联姻是一种政治行为，带有亲善和结盟的性质。在许国重礼的打动下，父母决定把她嫁给许国国君许穆公为妻。许穆夫人的称呼就是由此而来的。

卫国国君卫懿公是个沉醉于声色狗马之中的昏君。他特别喜欢养鹤，在宫苑中供养了成群的白鹤，为了供养这群白鹤，还额外向百姓征收"鹤捐"，激起卫国国民的强烈不满。卫国在卫懿公的治理下，国力每况愈下，一天天衰败下来。弱肉强食，北方狄族看到卫国岌岌可危，便于公元前 660 年，发动了对卫国的入侵。卫懿公征调民众抵抗，老百姓不愿为他效命。军队的将士不肯为他卖命出征，致使狄兵侵犯时如入无人之境，卫国很快被灭亡了。卫懿公死于乱军之中，国民遭到大批杀戮，都城被洗劫一空。难民渡过黄河，逃到南岸的漕邑（今河南省滑县）。

许穆夫人嫁到许国后，一直怀念着卫国。当她听到卫国国破君亡的噩耗之后，痛彻肺腑。她去请求许穆公援救卫国，可许穆公胆小如鼠，怕引火烧身，不敢出兵。许穆夫人不甘袖手旁观，置之不理，经过反复考虑，她带领当初随嫁到许国的几位姬姓姐妹，亲自赶赴漕邑，与逃到那里的卫国宫室和刚被拥立的戴公（许穆夫人的哥哥）相见商议复国之策。就在此时，许国大臣接踵而来，

对许穆夫人大加抱怨，指责她抛头露面有失体统，企图把许穆夫人拦截回来。许穆夫人坚信自己的主张是无可指责的，她决不反悔。面对许国的大臣的无礼行为，她怒不可遏，义正词严地斥责道："既不我嘉，不能旋反。视尔不臧，我思不远。既不我嘉，不能旋济。视尔不臧，我思不闷。"（《载驰》）意思是，即使你们都说我不好，说我渡济水返卫国不对，也断难使我改变初衷。比起你们那些不高明的主张，我的眼光要远大得多，我的思国之心是禁锢不住的。许穆夫人拯救卫国的决心不可改变。

不久，戴公病殁，卫人从齐国迎回公子毁（许穆夫人的另一哥哥），即卫文公。卫国得到了齐桓公的支持，齐桓公派兵戍漕邑，又派出自己的儿子无亏率兵三千、战车三百辆前往卫国。同时，宋、许等国也派人参战，打退了狄兵，收复了失地。从此，卫国出现了转机，两年后，卫国在楚丘重建都城，恢复了它在诸侯国中的地位，一直延续了四百多年之久。

而半路上，夫人被许国的大夫追上被迫返回后，对此十分愤怒，作了《载驰》一诗，痛斥了许国那些鼠目寸光的庸官俗吏，表达了一个女子热爱祖国、拯救祖国的坚定信念。

全诗六章二十八句。前三章是指责许国人对她的阻拦。诗人在一开头就把自己急忙赶路回卫的情况写了出来："载驰载驱，归唁卫侯。驱马悠悠，言至于漕。"紧接着写道，许国大夫赶来阻止她回卫，但她还是一心要回，并指责和反驳许人说："女子善怀，亦各有行。许人尤之，众稚且狂。"意思是说不要说女子的多愁善感，也是各人有各人的志愿。许国人对我指责埋怨，他们其实是幼稚疯癫。许穆夫人坚持走自己的路，她相信会有大国来援救的。于是大声疾呼："我行其野，芃芃其麦。控于大邦，谁因谁极？"

就是说，我奔走在祖国的郊原，绿油油的一片麦田，我把困难向大国诉说，谁和我相亲就快来求援。一个为了拯救祖国奔走呼号的爱国女英雄的形象跃然纸上。诗的语言生动，感情真挚，形象鲜明，充分表现了诗人拳拳爱国之心和坚强果断的意志。

全诗表达了许穆夫人强烈的爱国精神，其中第二章更是表达她不顾礼法的限制、坚决返卫的决心。

既不我嘉，不能旋反。

视尔不臧，我思不远。

既不我嘉，不能旋济。

视尔不臧，我思不闷。

这种行动的思想基础，就是对卫国的热爱。许穆夫人的这种爱国精神，也已汇入中国文学的爱国主义传统的长河之中，成为一朵最为耀眼而美丽的浪花。

（三）怀归念远的思乡情

农业生产培养了周人安土重迁，充满家园之恋的乡土感情。每逢战争、劳役、灾祸迫使他们不得不远离故士家园与亲人相分相离的时候，怀归念远的思乡情就油然而生了。

《诗经》中不少行役诗都表达了这方面的感情。《唐风·鸨羽》："肃肃鸨羽，集于苞栩。王事靡盬，不能艺稷黍。父母何怙？悠悠苍天，曷其有所？"公差没完没了，回归无期，田园荒废，土地没人种，父母无以为生，使他感到难言的痛苦。

《小雅·黄鸟》也是一首思归之歌。一个迁往他乡的人，人地生疏，觉得生活中缺少温暖，处处得不到理解和照顾，急切地想回到自己的家乡和父老乡亲中去："黄鸟黄鸟，无集于榖，无啄我粟。此邦之人，不我肯榖。言旋言归，复我邦族。"下二章又说："此邦之人，不可与明。言旋言归，复我诸兄。……此邦之人，不可与处。言旋言归，复我诸父。"这种由农业社会和宗族意识所培养起来的爱故土，重亲情，也会很自然地升华为爱邦国之情，一旦国家危难或受到侵犯，也就会出现像《鄘风·载驰》《秦风·无衣》那样的充满爱国激情的诗篇。我国文学中的爱国主义主题，正是从《诗经》开始，而后形成了重要传统。

以农业文明和血缘关系为纽带的周人，特别重视伦理亲情，这在《诗经》中处处可见。如前面所讲到的《鸨羽》一诗，那位远离家乡的役夫，他在思归时所想到的，首先是他的父母无人照顾，使他万分痛楚的是不能尽人子的赡养之责。其他行役诗中所表达的也多是这种心情，如《小雅·杕杜》："陟彼北山，言采其杞。王事靡盬，忧我父母。"《四牡》："翩翩者雏，载飞载下，集于苞栩。王事靡盬，不遑将（养）父。"再说"王事靡盬，不遑将母"，又说"岂不怀归？是用作歌，将母来谂（念）"。书写父母亲情更为使人感动的是《小雅·蓼莪》一诗，诗中唱道："哀哀父母，生我劬劳。……哀哀父母，生我劳瘁。"当他远道归来，得知父母已不在时，感到已无法报答父

母的如海恩情，痛苦已极，抢天呼地地说："父兮生我，母兮鞠我。拊我畜我，长我育我。顾我复我，出入腹我。欲报之德，昊天罔极。"表现了对父母的深厚感恩之心和子欲报而亲不在的终生遗恨。

写夫妻情深，偕老相爱的，如"宜言饮酒，与子偕老。琴瑟在御，莫不静好"（《郑风·女曰鸡鸣》）。一旦别离，则陷入相思："采采卷耳，不盈顷筐。嗟我怀人，寘彼周行。"（《周南·卷耳》）"自伯之东，首如飞蓬。岂无膏沐？谁适为容！"（《卫风·伯兮》）"瞻彼日月，悠悠我思。道之云远，曷云能来？"（《邶风·雄雉》）妻子不幸去世，丈夫睹物怀人，忧伤中不住念叨着妻子在世时种种好处："绿兮丝兮，女所治兮。我思古（故）人，俾无訧兮。"说妻子曾亲手为我染丝治衣，遇事规劝使我少过错。"心之忧矣，曷维其亡！"（《邶风·绿衣》）面对残酷的现实，他简直不能接受。丈夫亡故，妻子临穴而泣，更是痛不欲生："葛生蒙楚，蔹蔓于野。予美亡此，谁与？独处。……冬之夜，夏之日，百岁之后，归于其室。"（《唐风·葛生》）

女子远嫁，兄长远送，以至"瞻望弗及，泣涕如雨"（《邶风·燕燕》）。朋友远行，献上最好的祝愿："二子乘舟，泛泛其逝。愿言思子，不瑕有害。"（《邶风·二子乘舟》）对父母孝敬，夫妻恩笃，对骨肉亲朋的友爱、关怀，这些充溢着美好的、善良的伦理情思的诗篇，正体现了我们民族特有的社会心理和素质，在塑造民族传统上起着极为重要的作用。

七、《诗经》的特色
　　和地位影响

（一）特色

《诗经》深刻反映了西周初年至春秋中叶社会的各个方面，政治、经济、军事、宗教、文化和世态人情等等。其关注现实、抒发现实生活情感的创作态度使其具有强烈深厚的艺术魅力。其形式体裁、语言技巧、艺术形象、表现手法都显示出艺术上的巨大成就，对于后代文学创作

产生了深远影响。

1. 现实主义精神

《诗经》的最大特色是在诗歌创作上奠定了现实主义的优良传统。其中的大量诗篇，尤其二"雅"和"国风"的诗歌反映人间世界和日常生活、日常经验，歌唱劳动和爱情、描写被压迫阶级的困苦生活、讽刺和批判黑暗的政治、质疑和反抗神权等等，都体现出鲜明的现实性特征。如《七月》《东山》《采薇》《伐檀》《硕鼠》《黄鸟》《何草不黄》《伯兮》《氓》等都是思想性和艺术性高度结合的优秀诗篇，它们反映现实、关注社会政治与道德、批判统治阶层中的腐败现象，具有显著的政治道德色彩。《诗经》关注现实的热情、强烈的政治和道德意识、真诚积极的人生态度，被后人称作"风雅精神"，直接影响了后代的中国诗歌乃至其他文学样式的创作。后世的诗文革新往往推举"风雅精神"为旗帜，如陈子昂、李白（"大雅久不作，吾衰竟谁陈"）、杜甫（"别裁伪体亲风雅"）、白居易（"风雅比兴外，未尝著空文"），宋代理学家将自己的诗作称为濂洛风雅。

2. 以抒情言志为主流，奠定了中国诗歌乃至文学以抒情传统为主的发展方向

抒情言志诗成为我国诗歌的主要形式。《诗经》的抒情诗在表现个人感情时总体上比较克制因而显得平和。像《相

鼠》《巷伯》这样态度激烈的诗歌很少。大多"发乎情而止乎礼"，委婉曲折，细致隽永，表现出含蓄蕴藉的特征。

3.《诗经》的形式基本句式以四言为主，间或有二言至九言的各种句式

四言为二节拍，节奏感强，韵律整齐。《诗经》韵律和美，"动乎天机，不费雕刻"，在自然和谐的音声中形成诗歌的初步韵律，为后世所取法。有的首句次句连用韵，隔三句而于第四句用韵，如《关雎》首章；有的一起即隔句用韵，如《卷耳》；有的通篇用韵，如《考槃》《月出》。

篇章结构上用重章叠句。重章，整篇中用同一诗章，只变换少数几个词，来表现动作的进程和情感变化，如《周南·芣苢》。叠句，在不同诗章中叠用相同诗句，如《豳风·东山》；或在同一诗章中叠用相同或相近诗句，如《周南·汉广》。重章叠句使诗歌可以围绕同一旋律反复吟唱，回环往复，在意义表达和修

辞上有很好效果。

为了增加诗歌音律和修辞美,《诗经》还采用双声叠韵的连绵词和叠字等形式,表达细致曲折的感情和自然界美丽的形象,使诗歌在吟咏演唱时音节舒缓悠扬。如《关雎》,关关是叠字,窈窕是叠韵,参差是双声;《卷耳》中,采采是叠字,顷筐、高岗、玄黄是双声,崔嵬、虺隤是叠韵。

《诗经》语言形式形象生动,丰富多彩,以少总多,情貌无遗。"国风"对语气助词的驱遣妙用更增强了诗歌的形象性和生动性。

这些修辞手法的运用使《诗经》语言的表现力极强。刘勰《文心雕龙·物色》:"是以诗人感物,联类不穷。流连万象之际,沉吟视听之区。写气图貌,既随物以宛转;属采附声,亦与心而徘徊。故灼灼状桃花之鲜,依依尽杨柳之貌,杲杲为日出之容,瀌瀌拟雨雪之状,喈喈

逐黄鸟之声,嘤嘤学草虫之韵。皎日嘒星,一言穷理;参差沃若,两字穷形,并以少总多,情貌无遗矣。"

4.《诗经》的表现手法:赋、比、兴

所谓赋,用朱熹《诗集传》解释即"敷陈其事而直言之",即铺陈直叙,诗人将思想感情及其有关事物平铺直叙表达出来,包括一般陈述和铺排。如《七月》用

铺排手法叙述农夫一年十二月的生活，大小雅中的史诗多用铺陈。

比，"以彼物比此物"，即打比方、打比喻。如《豳风·鸱鸮》《魏风·硕鼠》《小雅·鹤鸣》等通篇用比表达感情。诗中部分用比喻的，如《氓》用桑树从繁茂到凋落比喻爱情的盛衰；《硕人》用柔荑喻美人之手，凝脂喻美人之肤，瓠犀喻美人之齿等等。

兴，"先言他物以引起所咏之词"，触物兴词，由于客观事物的触发而引起诗人情感的波动，大多为诗歌发端。兴是《诗经》中独特的手法，其运用比较复杂。兴本义为起，即发端，用于诗的开头，与下文并无意义关联，如《秦风·晨风》"鴥彼晨风，郁彼北林"与下文"未见君子，忧心钦钦"，《小雅·鸳鸯》"鸳鸯在梁，戢其左翼。君子万年，宜其遐福"，前两句与后两句之间并无意义联系，只是在开头协调音韵，引起下文。

这种起兴是《诗经》中比较简单的兴句。而大量兴句则兼有比喻、象征、烘托的实在意义。如《关雎》开头"关关雎鸠，在河之洲"，借眼前景物以兴起下文"窈窕淑女，君子好逑"。《桃夭》开头"桃之夭夭，灼灼其华"，写春天桃花开放的美丽氛围，既是写实，又喻新娘美貌，同时烘托婚礼的热烈气氛。总之，《诗经》中的兴，很多都是含有喻义、引起联想的画面。兴中有比，比中有兴。所以后世往往比兴合称，用来指通过联想和想象寄寓思想感情于形象之中的创作手法。

兴与比的区别在于：兴多在发端，总在所咏之物的前面，极少在篇中；比是以彼物比此物，兴含比义时，可以反衬；兴是先见一种景物触动心中之事或思感，比则先有本事或思感，然后找一事物作比喻，如"有女如玉"；比可以是局部的，如"手如柔荑，肤如凝脂"，兴为全章烘托主题、渲染气氛，如《关雎》

开始起兴即烘托出君子求淑女的主题。

《诗经》中运用赋、比、兴三种手法，共同创造艺术形象、抒发情感，有的作品已达到情景交融、物我相谐的艺术境界，对后世诗歌意境的创造有直接的启发，如《秦风·蒹葭》。《诗经》的表现手法为后代作家提供了学习典范。汉赋中铺陈的大量运用，乐府叙事诗中的铺陈，后代小说的铺陈等无不导源于《诗经》。而比兴作为中国诗歌的形象思维或有所寄托的艺术表现形式，为后人广泛继承和发挥，如屈原香草美人的比喻，汉乐府、古诗以及后代富于兴象、兴寄作品的大量出现等。比兴手法的运用形成我国古典诗歌含蓄蕴藉、韵味无穷的艺术特点。

（二）地位影响

《诗经》在春秋之后，在儒家的努力

下，成为中国文化的神圣经典，对两千多年的中国士人的政治品格、人伦修养、生活情志有着深远的影响。因此，它在中国文化史上有着十分重要的地位。就文学而言，《诗经》有着积极深广的现实精神，它促成、培养了中国文学关怀人生、关心社会这一伟大的特点，是中国文学的现实主义的开山之祖。《诗经》无论是在美学风格、创作手法和艺术技巧方面，都取得了丰厚而精湛的成就，成为世世代代诗人学习诗艺的源头活水。《诗经》是上古文化和民族精神相结合的产物，是上古人民的丰富智慧和真情实感相辉映的结晶，是中国文学史上伟大的典范。

《诗经》对后世文学的影响是深远而多方面的。主要有以下几个方面：

首先，《诗经》创立了中国文学史的"风雅"传统。所谓"风雅"，既指执著于人生、立足现实的诗歌内容，也指委婉迂曲、温柔敦厚的诗歌风格。司马迁说:"国风好色而不淫,小雅怨诽而不乱。"(《史记·屈原贾生列传》)就说明了《诗经》即事抒情、诗以言志的内容,以及既执著不懈又不过分耽溺情感的精神状态。它鼓励了诗人积极用世,"感于哀乐,缘事而发",而反对沉湎于绝对个人的世界里。这与儒家所提倡的伦理风范相吻合,因此被儒家奉为经典,从而深深地感染了后世士大夫的诗歌观念和诗歌情怀。在《诗经》的影响下,诗歌在很大程度上成为中国传统文人表达自己的政治态度、抒泄社会情感的一种主要途径。这就是孔子所谓"诗,可以兴,可以观,可以群,可以怨"(《论语·阳货》)的主旨。这使得中国传统文人在本质上人人都成为诗人,使得诗歌成为文人生活中不可缺少的一部分,从而极大地促进了诗歌的发展,也引导了诗歌对现实人生的深刻关注。在《诗经》的现实精神影

响下，后世文人常在理论和实际中自觉抵制个人趣味，抵制诗歌中的形式主义倾向。自唐以后，历朝历代都有以"风雅"为主旨的诗歌革新运动，并产生较大的社会影响。"风雅"在传统文化里成为评价诗歌的最高标准。如中国古代文学史上两位最伟大的诗人李白和杜甫，都曾表达过对"风雅"的向往。李白说："大雅久不作，吾衰竟谁陈。"（《古风》其一）杜甫说："别裁伪体亲风雅。"（《戏为六绝句》其六）而且，杜甫之所以被称为最伟大的诗人，在古人看来，就是因为他的诗歌最为典型地体现了"风雅"的诗歌理想。

其次，"比兴"作为《诗经》最为突出的艺术手段，对中国诗歌技巧有着很大的影响。诗人们追求"言在耳目之内，情寄八荒之表"的比兴境界，从而从多方面发展了诗歌的比兴手法。除此之外，"比兴"还和寄托联为一体，称为"兴寄"，被赋予特别的含义。"兴寄"在修辞或艺术手法之外，还指这些艺术手法中所包含的讽喻现实政治的内涵。一味追求诗歌技巧，而忽视了诗歌思想内容的诗歌，就会受到指责。如唐陈子昂说"齐梁间诗，彩丽竞繁，而兴寄都绝"（《与东方左史虬修竹篇序》）。"比兴"要求并鼓励诗人要有自觉的政治批评意识，并通过委婉敦厚的手法将自己的政治态度表露出来。同样，在理解诗歌时，也要求读者能通过对意象的类推，进而理解诗歌中所包含的政治讽喻意味。这种比兴寄托的方法在很大程度上影响中国传统诗学思维，尤其是对政治抒情诗和诗学理论的影响尤为显著。

最后，《诗经》的体制和修辞手法也为后世诗人所继承、发展。《诗经》在形成过程中的采诗制度在后世也多次被重新采用。如汉代就设置了乐府机构，采集制作配乐协律的"歌诗"，用于宫廷

礼乐，也用于观知民风。汉乐府诗就是在这一制度下被保存的，当然，被同时保存的还有民间歌谣中的直面现实的精神。唐代诗人的新乐府运动至少也表达了对这一理想制度的信任和期待。《诗经》四言体的形式在后世诗歌中不再占有主导地位，但在汉初的郊庙歌辞以及曹操、嵇康、东晋的很多诗人的诗歌中，四言体制得到了一定的发展。尤其是曹操以质朴而不失典雅的语言和慷慨悲凉的真实情感，赋予四言诗以新的生命。曹操在诗中还经常引用《诗经》成句，显示了他对《诗经》的有意学习和继承。其他如押韵形式、修辞技巧等，我们从后世诗歌中也往往能看到《诗经》的痕迹。

（三）《诗经》名句

关关雎鸠，在河之洲。窈窕淑女，君子好逑。（《周南·关雎》）

译：鱼鹰和鸣咕咕唱，在那河中沙洲上。美丽善良的姑娘，正是君子好对象。

蒹葭苍苍,白露为霜。所谓伊人,在水一方。(《秦风·蒹葭》)

译：河边芦苇青苍苍，晶莹露珠结成霜。所恋的那个心上人，正在河水那一方。

桃之夭夭,灼灼其华。(《周南·桃夭》)

译：桃树蓓蕾缀满枝杈，鲜艳明丽一树桃花。

巧笑倩兮,美目盼兮。(《卫风·硕人》)

译：浅笑盈盈酒窝俏，黑白分明眼波妙。

知我者,谓我心忧;不知我者,谓我何求。悠悠苍天,此何人哉?

(《王风·黍离》)

译：了解我的人，说我心中忧愁；

不了解我的人，说我有什么奢求。高远的苍天啊，是谁把国家害成这样？

青青子衿，悠悠我心。(《郑风·子衿》)

译：你衣领颜色青青，日日思念在我心。

昔我往矣，杨柳依依。今我来思，雨雪霏霏。(《小雅·采薇》)

译：当初离家去前方，杨柳飘扬春风荡。如今归来奔家乡，雪花纷飞漫天扬。

风雨如晦，鸡鸣不已。既见君子，云胡不喜！(《郑风·风雨》)

译：风雨晦暗秋夜长，鸡鸣声不停息。看到你来这里，还有什么不高兴呢！

有匪君子，如切如磋，如琢如磨。(《卫风·淇奥》)

译：这个文雅的君子，如琢骨角器一般，如雕玉石般完美无瑕。

言者无罪，闻者足戒。(《周南·关雎·序》)

译：提意见的人只要是善意的，即使提得不正确，也是无罪的。听取意见的人即使没有对方所提的缺点错误，也值得引以为戒。

它山之石，可以攻玉。(《小雅·鹤鸣》)

译：其他山上的顽石，可把玉器来磨制。

投我以木桃，报之以琼瑶。匪报也，永以为好也。(《卫风·木瓜》)

译：你送我木桃，我就以琼浆玉液报答。这不能算报答，是为了能永结为好啊。

(注：《木瓜》用于表达男女爱慕之情的。)

靡不有初，鲜克有终。(《大雅·荡》)

译：开始还能有些法度，可惜很少能得善终。

呦呦鹿鸣，食野之苹。我有嘉宾，鼓瑟吹笙。(《小雅·鹿鸣》)

译：野鹿呦呦叫着呼唤同伴，在那野外吃艾蒿。我有许多好的宾客，鼓瑟吹笙邀请他。

月月出皎兮，佼人僚兮。(《陈风·月出》)

译：月亮出来，如此洁白光明，璀璨佳人，如此美貌动人。

硕鼠硕鼠，无食我黍。三岁贯女，莫我肯顾。逝将去女，适彼乐土。(《魏风·硕鼠》)

译：老鼠老鼠，别再吃我的黍。多年侍奉你，可从不把我顾。发誓要离开你，到那舒心地。